詩集

半身半分

湊しづ琉

詩集　半身半分

目次

サイボーグ

「思い出して」

「思い出せない」

私は吸い込まれるように風を浴びた
ずっと静かな世界の下
人工的な人が住む街があるという

彼らは人と同じように
電車に乗り車を運転し
金曜日の夜にはやけ酒なども味わう

彼らはサイボーグだ、と語った
生きた記憶が他の皆と同じように思い出せないらしい
近未来に流行るロボット型人間症候群だという

思い出せるのは好きな人の面影
金曜日のビール、それだけ

それだけあれば充分だ、と
男のサイボーグは葉巻をふかしながら笑った

みんな電池が消えたらおしまいさ
深夜のコンビニに三百円のお釣りがくるかこないか
明日生きているかどうか
それだけさ

呟いて彼は影になっていった

光

可視光できない中にも光はあって、
それには少しだけ永遠が混じっている

ある日君はママ、と言って頬を触ってきた
風の強い日だった
私は年老いた君が未だに母という存在が見えているのだと可笑しく
なり

永遠から出られないってどんな感じなんだろうね？
と呟いた

飴玉をなめさせた君が風に吹かれている

歯と飴をカチカチさせて
まるで白黒の鉛筆画みたいに
消せてしまいそうなほど綺麗で憐れだった

たぶん今、君の隣にいるのは私ではなく永遠という
二文字なのだ

恋

ある日君は恋をしてしまったと私に告げた
誰に？と訊ねると月に、と君は返した
だから宇宙飛行士になって逢いに行こうと思う

私は笑った

おいおい、あれになるには大変な努力がいるんだぜ？

第一、君は大学もろくにいっていないじゃないか
しかし、彼はなるんだと言った
じゃあ、あの彼女には別れを告げたの？

ああ、彼岸花のことか

彼の前の女は彼岸花だった
花になれないと苦悩した彼は彼岸花の咲き乱れる川沿いに引っ越した
彼岸花の家は手放した、新しい恋をしたから――

しかし今回はライバルが多いぞ？前みたいにはいかない、君みたいに月に恋をしているやつはこの世にはごまんといる

窓辺だけで満足しとけ、
彼は泣きながらどうしてそんな酷いことを言うんだとしゃくりをあげた
私は昼の月を見ながらお酒を飲んだ

サンタマリア

人を愛するということは痛みを伴うことだと知った
その日、あなたはさようならと言って還っていった
あなたが白い煙になって上った
私は息をおもいっきり吸い込んで、
私の中のあなたにお帰りなさい、と告げた

あなたを抱き締めた

あなたは空気となって私の中に染み込んで色や香りやまた風となって一瞬、身体を吹いた
あなたの表情は分からなかったが
あなたは白く輝く存在になっていた

風と

私はある日君に訊ねた
どれぐらい愛しているのかを
そうしたら君は少しわからない風にして
微笑んで星を見た
私も同じように星を見た

君は本当にずるい人だ
答えをいつもなにかに託すように

ただ微笑むだけで
本当にずるい人だ
本当にずるい人だ

（全身が堕落した
自分の中に悲しみが含んでいたからである）

生誕祭

その日初めて苦しみというのを知った
まるで光の永遠に続く螺旋状から逃れたいまでの息苦しさだ
それに悲しかった
自分をこんなところに置き去りにした
誰かに悲しみを抱き
大声で馬鹿野郎とも叫んだ

いや、叫んだつもりだったが
声などには遠く及ばない叫び声が木霊したのだ

僕という者が必然的に生まれた
もしくは偶然、僕だった
それを聞いて訊ねて答えてくれる者が
この世界にはいるのだろうか

ただ同じ苦しさを抱いた者だけが僕に微笑んで
僕はとてつもなく絶望し
怒りに満ちた勢いで傍に咲く花を踏む

花は綺麗に散らばり、僕は微笑む

この悲しみの光を
痛いほどの光の僕を
誰か、
真っ黒いまでの夜にしてくれ

蓮の花

雨に打たれ　前を見た
白い蓮の花が揺れていた
僕は　今　生きるのでしょう
そう　選択するのでしょう
鼻孔に漂う　甘い生の香り
誰も聞こえはしない　生物の唄
ああ　今も聞こえる　土に還る雨蛙と
交わした言葉たち

選ばないから　今のこの風景が見えるのだ
拒まないから　生から逃げられないのだ
愛さないから　貴方は花になったのだ
意味のある、消失
誰かがそう言った
だから言葉は汚さないし　逃げようと　もがくこともかなわない
ある意味　僕は世界から愛されているのだ
僕の世界は　愛されていたのだ
人間ではない　あの蓮の花に愛されていたのだ

夜行バス

日が届かない　幻の領域
目的地はどこですか
答えは用意しておりません
光が只　前の暗闇を　押しのけて
進んでいく　私以外　皆言葉を交わさない
否　交わすことが無意味だと感じている
この夜の　欅の匂い　誰かが吸った肺の中の匂い
湿気たかび臭い　心の中で誰かが吸った　後の

記憶の匂い　それでも多分私は自由だった
夜の闇に吸い込まれていても
私は今までで　一番凄く愉快で楽しかった
窓を開ける　白い手が　自分の手だと
その時気が付いた　窓の外の匂いを
只嗅いで　楽しんで
そこにある何かを見つけたのは　多分私一人
私以外は　皆目的地のない
どこかに向かって　考えを深めている

ハングリーナイト

ようこそ夜空へ
君の思い出たちがずっと待っていたよ
雨の日のポップキャンディ
水滴に破られたカラフルな傘
君のよく使う和製英語
クルクル回っていた可愛いペット
ほら、君の好きなアニメが始まる
此処はどこかって？

私が誰かって？

子供の頃の思い出たちに聞いてごらん
こんなにも星が満天の夜は
ベランダ越しに君の家族がよく見える
ほら、思い出ひとつ
手製のマフラー
思い出ふたつ
ぽつぽつぽつぽつ涙くさい写真

帰りたくなったかい？
ここ思い出くさいよね、星が近くて
ほら、君の隣りで月が居眠りしてる

蝉

あの五月蝿い蝉は死んだのか
あの鳴くことが生きることだった　蝉は死んだのか
土の中で生きていた
外の世界で鳴くことを覚えた蝉は死んだのか
あの打ち震えるように　生きる意味を探してあの蝉は死んだのか
当たり前の　夏の　止める事の出来なかった
自然の理の中で　死んだのか

紅い目は　知らない人間を映していた
脈打つ羽根は　飛ぶことを止めていた

自然の理の中で
誰かを探して　死んだのだろう
巡り会えた　前世の人間に　ありがとう、と言ってお別れのミーン
という　声のやるせなさが
今も聞こえるよう
風鈴が囁く　夏の終わりの音色に合わせて
あの蝉は死んだのか

蓮

白い蓮の日　私は生まれました
白い蓮の降る日　私は命を持ちました
白い蓮を見た時　私は女になりました

降り落ちようとしない　光を放ったあの太陽
あの日の夕暮れ　独り歩いては消える
夏の日の自分
私は一人　街路樹の中に咲く

光と魂に心を震わされていた
この中にあのヒトと同じ魂が舞っている
何故だかそう想った
あってはいけない　あのヒトの面影を背負ったままの　誰か知らない誰かがいる、と
思えば　心の何処かで　生き続けていたのだろう
呼吸さえもしていた気がする
息遣いさえも感じた気がする
それがいつなのかは思い出せないのだが
震える魂が　私を一人にしてくれない
あの夏の日　私はあなたの魂を背負ったまま
暮れ落ちる太陽の下　独り歩いていた

ポイズン

真っ赤な家の煉瓦の奥底
小さな水槽が
ポンプから送り込まれる空気の泡で生かされていた
気泡の中にも幸せは
細かく刻まれていて
それは偶然にも壁に寄り添う
石膏の女神にも気付かれてはいない
しかし魚達は仲間内で

小さく毒のやり取りをお互いにしていた

「ポイズン」
誰にも気取られず
「ポイズン」
誰にも気付かれず

淋しさなどからくる自傷行為ではない
ただ細かく息を吐くうちに
毒が密かに紛れ込んだのだ
甘く甘美な堕落

「ポイズン」
魚達の密かな愉しみ

生物の唄

陸を歩いてきた生き物と
水中を泳いできた生き物が
口の中で混在する
混ざる肉と命と　魂の欠片が
一つの物になり　体内で結ばれる
そして新しい命を生かす肉となる
新しく生まれ変わって　言葉を交わす
それらの物は　人間にとって　甘いジューシィーな食べ物だった

調理の過程で　命は命と交わりあう
挨拶して　さよならする
また　あの水中を　あの陸地を　泳げる
新しい体の中で
そう願って哀しみではない哀しみを抱き
唄にする
そう　身体の内側から聞こえるこの唄は
蒼い碧い地球の唄
僕に命をくれた君の唄

月

鳥肌が立つくらい好きだった、月を
僕は殺したのだ
全身は歓喜した
細胞は一つ一つ真っ白な息を吐き出した
アンモナイトの化石みたいな脆さの
ぱらぱら破片は溢れだしたから
その日は全部 世界が四六時中白さを降らせていたよ
白い砂浜で倒れこんで

吸い込んだ肺は
タバコを初めて吸った君のようにガクガクした

甘くて遠く支配者な味だ
好きなのに
好きだから
世界から僕が奪った美しさは
果てしない荒野の星のように
あまりにも僕を知らなかった

六才

あの揺らめく視線　あの透明でキラキラした
感じ　音　色　言葉
知らない初めての記憶
新しく私を満たした幸せ
とどこおりない溢れ出した想い
真紅の心の奥底　誰でもない私
祭りの夜に　独りで鳴いた蝉のように
人生の儚さと哀傷と無愛想な顔

誰でもなく私だった
誰でもない私だった
浴衣の下に　子供の私が押し殺した涙
独りだったの
二人で居ても私は　独りだったの
手を引かれ連れて行かれた　屋台の立ち並ぶ通り　私はそれが
眩しいことで　悔しいことで　切ないことで
言葉を失ったまま　狐のお面をかぶり表情と
自分の心を消した　私は今　誰でもない私
人でもなく　風景でもなく　光でもなく
誰かが見上げる空でもない
私は今　人が生まれる　あの赤ん坊の気持ちを持っているよう
存在と無のその境目に　生まれる瞬間味わった　存在する時と
存在しなかった無意味な時のあの幸せを

あの誕生という言葉が出てくる
瞬間の気持ち　私は忘れた事が今でもない
だから只　全ての事が眩しくて愛しかった

蝶々さん

紅い簪つけて行きましょう
名も無き春の街道に
紅い口紅つけて参りましょう
羞恥を前に振りかざして
ポツポツあられも空から降って来る
真っ赤な唐笠あたれば
明日はまあるく真白い
夢のようなんだと独り崩れ落ちる

ふう、と吸う
外の空気を
吸う
吸えば其処らは
誰かの肺の居たところ
人間の中身を通った人間の通り道
とおりゃんせ、
とおりゃんせ、

蝶々さん蝶々さん
大正から平成にかけて
辺りは真っ赤っかです

転寝

甘いサワーのよう
弾ける心のカクテル
何色が　僕で　何味が君なのか
誰も知らない
しゅわしゅわ　心に駆け走る
君への想い　叶わない色
叶わない味　それが酷く僕を酔わせる
このなんでもない　枯渇感

誰かが満たしてくれるのを　待っているのかもしれない
誰もいない　夜のバスタブで　月を背に転寝
誰もいないから　今は何時で何日で
僕は何者で何色で
分からない　だけど　生きていられる空間がある
僕は今　誰に想われている？

蝶

もうすこしで　蝶になるところだった
パリパリとした　外側の殻を突き破り
空めがけて　駆けていくところだった
脈打つのは　知らない自分の鼓動
どくどく　血の通う線から
自分の内側の声が聞こえてきた

ねえ、　もう空に向かって飛んでもいいんじゃない

もう、この殻は必要ないんじゃない

ああ　分かっている
この殻がもう自分には必要ないことぐらい
だけど私はこの温もりが手放せないでいる
抜け出せないでいる
弱い自分が内側の自分に負けている
分かっているさ
私にはもう旅立つ日がきていることぐらい

少女A

あの淀んだ夏の空気
あなたは覚えているだろうか
あの獣道に消えた赤いサンダル
夏の小道を進んだ先の深い緑の溜まり池
ぽつんぽつーん……雨の音が駆け走る
道の先に赤い自転車が捨ててあるのを
恐怖と感じたのか
昔ここで誰かが消えたのだと思った

誰かと一緒にではない
自分で自分の身一つ抱えて　消えたのだ
或いは別の空間に
自分の居場所を探して消えたのかもしれない
自分をその空間で見てしまって消えたのかもしれない
ここは彼女が自分をこの世界から捨てた場所
本当の自分を見てしまったのだろう
何者でもない　誰のものでもない
只の　あの頃の　幸せを抱いていた
居てはならなかった　自分を

七月十九日

叫んで　またあなたになりたい
囁いて　またあなたになりたい
遠い日曜日の夕暮れあたりに
あなたはいつも潜んでいる　隠れもしないで
目の先に孤独と怒りとつまらなさを
どうしようもなく平坦な
つまらない未来に虚ろな視線で
ただ煙草を吸っている

確かそれは九十年代に流行した
海外から来た香り
吸い込まれそうなあなたの視線
逃れることはできそうにない
煙る未来　煙る二人の影
重なる想いと睫毛の毛の先
他愛もない寄せ合う心たち
きっとその時と言ったら
幸せだった、なんて勘違いしていたのでしょうね
きっとこの先も
あなたの隣であなたの香りを嗅いでいられる、なんて勘違いして
いたんでしょうね

私　いつからこんなに　独りだったの？

シンデレラ

月が泣いている夜に
恋人に小さくさようならを言おう
折り鶴を夜の窓と窓へ行き来させて
君の薄赤い頬に触れさせる
君はにこやかに笑みを浮かべ
もう一度さようならを言う

軒下でダニエルが吠える

君は訝しげにダニエルに注意をしながら、
辺りを恐々と住民に気付かれてはいないか
杞憂する

勿論そんな君を見ているのは
空の月と僕だけさ

白いワンピースから微かな白粉の香りがして、
君はすっかり綺麗な女の子になったのだと知る
昼間の灰が被った服を着させられた
曇った眼差しの君が
夜になると誰にも気付かれず
そっと小さなシンデレラになる

そして零時丁度に僕たちは
互いにさようならを言う
君はカーテンを閉めると知らない女の子になっていった

白

白い日に白い歌を歌う
色がない　悲しみと愛
どこにもない　私だけの白
それを皆に自慢するために
紅いあの子に嫉妬は持たない
蒼いあの子に恋はしない
緑と黄色のあの子たちの誘いには乗らない
私だけを満喫するの

この空間は今白いだけ
願いも希望も身体も空も
甘いキャンディも目の前に広がる想いも
景色も歌も大地も
只のこの白
それ以外は何も願わない
欲しくないと願う、私だけが欲しい

少女

雪が青龍になり大空から銀の鱗が降ってきた
着物を着た花魁は青い吐息を吐いて
自らの色を掃除して出来た、影だけで談話する
昨日着けた赤い紅も
何重に重ねた蝶の舞う着物も脱ぎ捨てて
女で出来た湯に浸かりながら
明日、明後日の自分を世界から消そうとする
チンチレリン

チンチロリン
私を呼ぶ、生命を弄ぶ鐘の鳴る
今だけ透明に消えた少女達の臭さから
逃れたくて
私は湯の中で震えていた

花火

色とりどりの人生が散った
紅い　黄色い　緑色
様々な火花に合わせて
ドーン、と空から最期の音が聞こえた
それは何か残したいと思ったから
聞こえたのかもしれない
終わる時に　最期静かだと　嫌でしょう
切ないでしょう　哀傷抱くでしょう

だから何人もの人たちが
一気に終わるのと始まるのを見て
心が空っぽの空洞になるのさ
はたまたカラカラに乾くんだ
あの光はなんで最期落ちないの
空の上で輝いて消えるの
どうして綺麗なのにすぐ消えちゃうの
花が落ちたみたいにぱったり光をなくすの
この光景を何度みれば気が済むの
鳴り止まないこの地面に響く音とうねり
微かな疑問は何を心に持たせるの
儚さは何度見れば
この夏は過ぎていくんだろう
人はきっとこの瞬間

何人もの人たちが一斉に夢を見ているんだね
終わりがあればまた作り出せばいい
切なさはついていくけど
そのかわりまたあの素敵な一夜だけの夢を見ていられるから
またあの夏の光と音に出逢える、そう信じて

あかいろ世界

畳目に小さなビーズが落ちていて
それを拾うと私は小さな少女に成った
色とりどりの

あか、あお、きいろ
〝さて、どれが綺麗でしょう？〟

小さな私が小さな私に疑問を持ちかける

私はたぶんあかいろね、と答える
ビーズに溶け込んだあかいろは
真っ赤な深紅の薔薇
信号機のあか

遠い火星からの光
いや、誰かからの点滅信号かも？

ビーズは密かに秘密を少女達に分け与え
そして答えは教えずに少女達の世界を終わらせる

少女だった女の子が大人になると
そのあかには目もくれず

ビーズはただのプラスティックな扱いを受ける

一瞬

「星の絵画みたいだ」
昨日の空を思い出して、君に言った
君は笑った
寂しそうに
「今なら消えれそう」そう言って砂浜に倒れこんだ
美しいけれど
君のそれは違うのだ

壊れそうなものほど人は美しいと感じる
ただのその一瞬を一生忘れないらしいから

星の絵画に筆で白色に
自分を消そう
君の横顔を忘れるために

星が降る一生は堪えられない

アイシテあげる

この桃、安いの
私みたいね？
でもちょっと酸味が足りないかな
あと色も少し剥げてる
でも体系的な特徴のアンバランスさはそっくりね？
この桃、貰っていい？
安くしてよ、オジサン？
いつまでも甘いままじゃないのよ、

腐っていくのよ
誰かの口に入れられて齧られて死んだ方が素敵じゃない？
勿論その前にアイシテあげる
舌で生きている甘さを感じてあげる
触れて噛んで　潰してあげる
喉の奥に入るまで　私が覚えていてあげる
アイシテあげる

劇場

幕が開く
廻りは知らない好奇心を携えた顔で
満ち溢れている

私は飛んでこの小さな天を切る
切れば綺麗に切るほど

溜め息と荒い息遣いに包まれ

人々は夢を見る
私に自分を重ねて旅に出るのだ

一時間弱は帰ってこられない旅に
世界は希望に包まれている
誰もが幸福で自らを生かしている

旅に伴侶は要らない
只の自分だけを要するのだ
そうすれば
感情は夢を見る

今宵は誰が何人帰ってこられるだろうか

泳ぐ

私がヒラヒラヒラヒラ降ってくる
私が誰かの想いを乗せて　君の肩にとまった
それは　ピンクの香り　想い　大事な欠片
その私は　幸せであるとは限らない
その私が　君を幸せにするとは限らない
だから　今日もヒラヒラヒラヒラ
誰かの想いを乗せて
空中の中で寛いでいる

見つけてくれる人は　募集しておりません
触れてくれる人など　募集しておりません
只　何となくでいいから
記憶の片隅の　色として　想いとして
只心の中で私を泳がせていてほしいのです

麦わら帽子

焼け焦げる道路の上　蝉の死骸
そこらじゅうにちらばるミミズの糸くず
雲の上に　誰も知らない自分が居た
熱い熱気　もやもやする気持ち
この気持ちが誰かに
知らない誰かに飛んでいけばいい　そう思っていた
この何でもない苛立ちを　夕立と共に
誰かに飲み込んでほしくて

熱いコンクリートの上　サンダルの下に
熱気と湯気と嫉妬を絡み合わせ
僕は駆けだした
この空の下をどんどん
進んで行ってみよう
そう思った
そうして駆けたら
長いトンネルを抜けた時のような昂揚感で
麦わら帽子を持った君に、逢えると信じていたから

花

ずっと月を見ていた
診断書はもう宇宙の光で僕の眼差しには映らない
くだらない、と叫んだ
輪廻してぐるぐる人間世界を
生きるだけの息苦しさ
花が微笑むだけの僕のデバイス
カメラに写らなかった彼女
三千世界も知らないで

僕は星になるのさ
嗚呼　あの人と結婚したい、そう思っていた男だった
五歳児の僕は
今は窓辺で繋がれている

ずっと月を見ていた
あの光が僕になるのかと夢に見ながら

塵

眼差しから逃れたくて
真昼の教室に降り注ぐ塵になったのです
はらはら　誰かの瘡蓋に触りました
誰かの睫毛に引っ付きました
塵には塵なりの
そういった時間があったのです
誰かに触れられて
永遠にさ迷っているのです

降り積もる光になって
ようやく輝けるのです
幾千と重なりあいながら
お前もかと慰めあいながら
貴方の視界をふっと掠め取るのです

天の川

天に存在する幻の川
それはヒトではつまめない
秘密の星の一つ一つ
目で見て綺麗だと感じても
それはこの夜だけの想い
端と端の何か特別な二人の絆が囁かれる
私は天を仰ぐことしかできそうにない
私は天を眼に焼き映して

頭の中のフィルターに収めることしかできない
只　一生この行為しかできない事だけは知っている
触れられない　渡れない　泳げない
まるで幻が光を放って
其処に川となるものを泳がせているかのよう
ヒトはこの川を渡れない
瞳の中で壊すこともできない
空想の中でしか浸ることが出来ない
だけど私は　いつか泳いでいた
光の屑にまみれて溺れて　幸せで
とりとめのない事を
大好きなあなたと語り合っていた

そんな夏の夜私は　独りでした

降下論

満開の桜吹雪の颪を浴びて
あまりの色と甘さにむせかえった

白い自分が向こうから笑いながら駆けてくる
もう、地球は更地になりました
もう、貴方の居場所なんてありません

彼女は石膏のような肌で微笑んでいた

遠い何かの磁石のような地球は
自らの引力に屈したのだ、と
宇宙を降下して
青さを捨て去る術を探しているのだそう

香水

誰かがお姫様にお生まれになり
長い髪のお供として桜のお香を焚きました
お姫様はいつも香水を大切に持っています
その香水がなくなることはありません
何故なら未来からくる馬車の色のついた
いい香りのする色水が毎夜、届くからです
馬車に一人の少年が運転していて
少年の粗雑なマメが幾つも出来た掌に

お姫様は金貨を三枚持たせてあの世かこの世かに帰らせるのです
一人の少年は実は平安貴族が描いた
絵巻物の画なのですが、彼が知らないそのことを知り
彼に秘密を打ち明けた所で
彼の素朴な笑顔も見られなくなるし
それを思うとお姫様は一生わからないことを決意して
毎夜、橋の欄干に金貨を三枚持っていくのです
少年は墨で出来た自分を鏡で見たこともないので
自分はまるでお姫様の恋人なんだと
密かに思っているのです

一行の人

「星が降るなんておおげさだなあ」
そう言った君の眼には流星群が飛んでいた
しわくちゃなカバンを抱えて
今日、君と旅に出るため午前一時に
星の匂いを吸っている
これなんて英数字？
星座を見ながら君は星空を指でなぞった
君の指は長くて細くて

大胆な線で書いたみたいな秀逸な形をしてた

枕元で流星群が降ったらなぁ
綺麗だろうなぁ
なんて今日も私は独りで呟くのだ

君は最初からずっと本の文字で出来ていたから
私は吸い込まれるように

物語の中で君に何度もその言葉を吐かせる
顔もなくて
影もなくて

ただ愛しくて

君が文章と呼びたくなくて

黄昏

現実に溺れながら
遠くまで行きたいとただ願う
途切れとぎれの言葉に

自惚れだけで生きてきたのではない
そう、思っていたはずなのに

雨が僕達を濡らす

これで物語は終わらせねばならない

壁に継ぎ接ぎのペンキが
人間の生きてきた何かの印に思えて

君のサンダルに涙が落ちる
赤でも白でもない汚れた色に
愛おしさを感じて
生きねばならない理由が其処に
あったような気がした

君は普通の日に
そっと生まれ変わる

地球の見えない人間になって
僕の愛しさだけそのまま残して
この黄昏は君にとっては
懐かしいものになるのだろう

エンドレス・サマー

蒼色の下で濡れていた
涙も降らせていないのに　傘も持っているのに
身体が水滴を吸収して　全身をも溺れさせている
細胞は息を継ぐ暇も与えられてはいない
只　海底の沖の海月みたいに白光して
それに耐えている
それにガキみたいな空想も思い描いていた
いつか誰かとこの道を同じく濡れながら歩いたこと

月が見えて　星も浮いているのに
自分たちが土砂降りだったこと

覚えてる

月が片鱗をみせる逢魔が時の片思い
目を閉じて誰かと手先を触れあったこと
生温かくて　怖くて　苦しくて　でも愛されていたこと
きつく目を閉じても　いつでも月は己を見せている
なにもかもを　光の弾で埋もれさせる為に
空から機関銃で狙われていたこと

覚えてる

幾何学的な　模様みたいに
何かに興奮して　生きていた
次は僕が打たれる
打たれてみんなみたいに光の粒になってしまうんだ
怖いけど　笑んだよ

月に微笑を返した
その機関銃は役に立たないよ
だってみんなと同じ光になっても

僕は独りだから
僕は生まれ変わることを恐れちゃいない

只嬉しくてつまらないだけ

チョコレイト家屋

真昼の中を一棟の住まいが辺りを更に輝かしていた
住民の乾いた生活が毎日とある日常の最中
太陽に焼かれた煉瓦が体感を徐々に徐々に上に上げていた

それはいうなれば
表面を香ばしく焼き上げたビターチョコレイトの様だ
住人の私は、夜
蛇口から捻る水温が私を私に肯定させてくれる気がしていた

まるでそれは、束の間の独りというご褒美なのだ
子どもたちに与える砂糖がたっぷり含んだチョコレイトみたいな
甘い感覚

垣間見えた、言葉では表せない無知

此処には過去、
国が秘密政策として打ち出した
全水路チョコレイト計画が実施されていて
地下水脈をたどり
目の前の蛇口から溢れだすのだ、チョコレイトが
じゃばじゃば茶色のバスタブに浸かろうか
放り込んで包んでデコレーションされようか

チョコの海に投げ込まれた私は私に救いを求める
あした、あした必ず二十ポンド分のイタリアンチョコレイトを
ご馳走するよ！

だから、此処から救い上げて！

〝もしくは君は早く夢から覚めるべきなんだ！〟

無題

じっと見ている視線のように重く
じゅうじゅう音がする鉄板のような熱を持ち
さらさら流れる小雨のように只　潔い
その言葉に　意味はない　その行動に　想いなどない　その仕草に
只　毒を持っている
人を惹きつけて　他に目を向けない
その中毒性は　罠だ
色々な音が空中を飛びかい　その問の解はなく

時間も無限か
はたまた一瞬なのか　それに名前などもなく
習慣性　偽愛　無感　無調　話す言葉に
終わりなどもないらしい　あるのは孤独の中の
あの信憑性とも取れるかのような
曖昧さ　自己愛とも呼ぶべき　己の朽ちた姿
この詩に　ああ　何と名前を付けよう……

ハイビスカス

南国の遠い街にハイビスカスを好む女性がいた
女性は小黒い顔にそばかすを生やし
訪れた日本人に対して
にこやかに微笑みを見せていた

〝私、ハイビスカスの発音の余韻も色も形も全部好き〟
そう言って
見知らぬ言語のゆったり流れる唄を歌う

〝咲いて散って、もっと咲けば貴方は気づいてくれますか？〟

彼女はもういない恋人を、しばらく見ていないという風に語るんだよ
もうずっと静かにおかしくなっちゃってるんだね
まだ若い女なのに

街の人がまるで絵本の中の人物を語るように
噂の種として彼女は囁かれる

〝そのハイビスカスのピアス、素敵だね？〟
私が言うと、私の手を取り
彼女は

貴方の住む街に私を連れていって――

彼女は自らの全てを理解していた
戸惑う私は彼女にハイビスカスの種を渡された
これが咲いたら迎えに来て、と

私がもうこの街には来ないことを
彼女は知りつつ、

それでも彼女は微笑んだ

ファンタジスタ

淡さに焦がれて
いつまでも白色に埋もれていて
それを綺麗だとか美しいとかで
表現しながら生きてきた
鳴り止まない海鳴りの　遠く彼方に貴方が居る
誰も気付かないで　ふっと
しかし突然の波しぶきの様で
誰かの視界を横切るのだ

目は黒色の拙さに塗れている
零れそうに重そうな星々と共に私を見ている
気付かずに　誰かはそれに惹かれていたのかもしれない
しかし　それは今でも言葉として
光陰することは許されていない
「目の先が星の海みたい」
魔法の言葉　ファンタジスタの空間の曖昧な感情
声は気泡になり　誰の脳にも記されていない
それは　孤独　悲しみは心は持ち合わせておりません
〝只　それでも私は塵になったと思うのです〟
空間に漂う　見えない塵に
でもこれで　私は貴方の中に入れる
肺の中の煙草の煙と共に　いつまでも貴方の中で寝ていられる
お母さんに起こされることもない

夜八時の喫煙中に　ちょっとだけ貴方を揺り起こすの
揺られて揺られて自分を吐きだそうとしているの
でもそれで貴方は私を感じられる
貴方は素敵な空間で　パソコンを起動させて電子的に
聞きなれない声に揺られている
電子的な声が貴方を支配する
私はそれと同じように口ずさむだけ

いつか恋をした

ずっと肺の中で彼の虜のまま生きていた

個人日誌

キャロルは庭に水をやっていた
エリザベスは相変わらず鏡を見続けている
タイガーは読んでいた本の続きがつまらない
クリスはそんなタイガーを見て笑っている
ニーナは平仮名が書けないので絵本が読めない
ノエルはさっき食べた物を吐き続け
オメガはその隣でスナック菓子を食べ続けた
オーバーは干上がった国の港で働いている

サマンサは恋人に捨てられ
マリーは突っ立ったまま動かない

さて、私は誰でしょう？

生誕

「ありがとう」と言ってこの世界に着いた
その時に人間の言葉というものはまだ知らないで
ただ 鳴いていた
昼間の喧騒も太陽も月も空も星も知らなかった
ただ 泣いていた
風花が見えて
一月の寒さを産院の中で知らされずに

温かさの中で産まれたのだ
月が泳いでいた、昼間の
私は何千グラムで世界に着いた
自分が人間で出来た存在だとまだ知らなかった
それが人間の最初で最後の幸福

夏のヒカリ

いつかこの地上からいなくなるのかな
いつか羽がなくなって　体が朽ちて
元居た土に還るのかな

悲しさは鳴くことで晴らそう
寂しさは飛ぶことで忘れよう
孤独は木の樹液に宿る、誰かの残した言葉で返そう
飛んで飛んで　あの地平線

誰もいない僕らだけの世界が或るとしたら
僕はそこに住まう王者なのだ
今は只　夏を呼ぶ昆虫だ
今は只　声を鳴き声としか持たない者だ
だがいつか知るだろう
この世界に意味がなく
地面に打ち捨てられた　朽ちた仲間の姿に
この夏だけの世界が　僕の世界なのだと
人間は知っている　僕が知らない　あらゆることを　人間は知って
いる　生に意味があることを
僕はこの熱い熱気の最中　誰とも知らない　誰かを呼び続けてい
る　それはとても
愛しい気持ちで　迷子の子供のように
この窓から飛び立つことを恐れて

じっとり　あの汗ばむ空気が　僕の知る最期の記憶　七の詩　誰か
に送ろう
七の唄　誰かに聞かそう
七の意味　誰かに問いただそう

プラナリアの愛

切っても切っても再生する
溢れ出る　この愛の様に
切っても切っても生き返る
まるで　そのモノに意思が在るかの様に
此処に今　命はどれ程あるのだろう
無限のような　時空のような
此処にある　このお前の中に　命はどれだけ
詰まっているのだろう

私の手のひらを返すくらい？
はたまた　この広大な地球を作り出した
海のような規模ぐらい？
お前は　命を中に閉じ込めて　いつも隠している
再生を繰り返し　命を作る　お前は
一体どれだけ私を作り出すことが出来る？

ヒト型

それは愛を知りません
それは孤独を知りません
それは歓びを知りません
それは透明な薄いベールに包まれた
ヒト型の置物です
これはいつかあの日に還る為に存在しているのです
只　何も知らない　無知な作り物です
生命も当然　存在しません

只　時間だけが存在しています
己が朽ち果てることだけを知っています
しかし　そのことに関して　寂しいとか
怖いとか　そんな物は存在しません
この地球が只の風景に見えていることでしょう
この居場所を　只の空間として見ていることでしょう
傍にいる私を　いつも観察しています
只　見ているだけですが　私を観察しています
そして　風景の一部として
時空の時間の一シーンとして考えていることでしょう
自分より先に老いていく
生き物だと思っているでしょう
そのヒト型の置物は　只時間を待っています
自分が　朽ち果てるその瞬間を

告白

悲しい花　それは綺麗なピンクの桜
僕が君にお別れした時
君は綺麗なピンクの色をした
桜の花みたいな頬をしていた
悲しいから　赤く染まるのではない
むしろ嬉しいから赤く色が咲くのだ
ぼんやりと眼鏡の淵から
視界が赤く花弁に溢れていくのを感じる

桂書房の図書目録

皆でオシッコ飛ばし、しよう！

小社から上野千鶴子・山内マリコ共著『地方女子たちの選択』を出した。著者お二人に、女性と消滅可能性都市について本をお願いしたところ、行く末を担う当の地方女子の声を聞こうというご提案。富山県在住の女性14名にライフ・ヒストリーをインタビュー。見出しはそのお一人、五十代の方の語りの一節である。

いつも近所の男の子を引き連れるガキ大将だったという「きょうこ」さん。四世代同居の農家に生まれた彼女は父母と祖母の、さらに祖母と曾祖母のいさかいを見て育って、妹弟をよくかばった。大学は県外だが、富山に戻ることは自然で、公務員となり、同郷の男性と結婚。彼の両親と同居に抵抗がなかったのは、暴力を辞さない怖い祖母に可愛がられて、祖母を憎むまでいかなかったといい、どんな人とも自分はうまく付き合えると万能感を育んでいたからかしれない。

三人の子に恵まれるが、しかし、義母の厳しい目に晒されての子育て、顔色をうかがう辛い日々となっていく。何か一つ報告するのにも勇気を振り絞らねばならなかった。屋根のてっぺんに上がり、木に登り、村中を駆けまわって小崖に出会えば、瞬時、男女差を意識しないオシッコ飛ばしという新しい遊びを創案するヤンチャ娘だった彼女はいったいどこへ行ったのか。

たまっていく不満。ある時、義母の聞こえよがしのブツブツ批判を耳にし、彼女は「半分泣きながらワーって叫んで」しまう。イヤなことにノーを言う、その言い方は千差万別だが、爆発型は「それが最初で最後の抵抗」になりやすい。彼女は我慢の道をあゆむことに。

ひるがえって、大卒時、彼女に故郷回帰を選択させたのは何か、想像してみたい。おそらくそれは、村野での自由と創造に満ちた遊び体験である。そこで養った一挙手、一投足から生きる力は湧いている。彼女は全てをあきらめたわけじゃない。定年後は大卒時の念願「子供の世話」の仕事をしたいという。

選択といえば大きい語だが、時をかけて、人には微細な選択が無数に積み重なっているから、自身が驚くような選択はしようと思ってもできないな。

（勝山）

新刊案内

加藤享子　2024・10刊

小矢部川上流域の人々と暮らし

3,600円

衣食住の多くを自給し、限りなく優しい山人に惹かれて、奥山の橋の掛け方、樹木草花の細々とした利用、昆虫食や蓼食やドブ酒、ちょんがれ踊りや馬耕、干柿や糸挽き唄まで20余年に及ぶ調査と聞き書きの集大成。72の論考。　B5変判・452頁

鍋島綾　2024.11刊

ゆるりと風に。ここは北欧

—Just as I am　1,800円

富山と北欧を行き来するアンティークバイヤーのエッセー。現地の人々と生活し、教育や福祉、戦争など様々なトピックに向き合い自由に生きるヒントを得る。著者の旅のような人生は「普通」に依存する私たちの足元を揺るがす。　A5変判・216頁

湯浅直之　2024・11刊

我が百姓の一年

1,000円

米作りは機械化が進みここ50年で大きく変化した。かつて人手に頼り苦労を重ねた百姓達の米作りは今はもう忘れ去さられつつある。かつての人々の暦は米を作ることから始まり、長い歴史の積み重ねで今の姿になっている。本書はそれを伝えている。　A4判・62頁

針山康雄　2024・12刊

洛中洛外図屏風・勝興寺本

2,700円

国宝・勝興寺に伝来する、重要文化財洛中洛外図屏風・勝興寺本は、慶長八年修築後の二条城を描く最古もので、京の町家や寺社の魅力を解き明かし一級建築士である著者が、40年間、建築に携わった視点から独特の解説を加えている。　B5判・136頁

佐伯哲也編　2025・4刊

北陸の中世城郭50選

2,700円

富山・石川・福井各県の魅力に溢れた中世城郭を紹介。執筆者も地域に限定せず、新進気鋭の執筆者にお願いし、最新の成果を満載した。知名度の低い北陸の中世城郭を多角的に調査した、中世城郭研究者待望の一冊。　A4判・290頁

川越誠　2025・5刊

社会を変革する科学・技術

—その歴史と未来への指針—　3,600円

「社会に大きな変革をもたらす科学・技術とは？」を主題として、古代ギリシアから20世紀までの科学・技術の歴史上の人物や事例に焦点を当て、それらにおける共通性を抽出することで、答えとしての普遍性の探索を試みる。　B5判・510頁

能越文化を語る会　2025・6刊

能登と越中の土徳

1,000円

砺波平野は美しい。ここに住む人はやさしい。てらいのない地に飄々と土徳が息づいている。能登はやさしや土までも、美しく土徳に満ちている。ともに真宗風土の地域で共通している。能登と砺波の魂が共鳴し本書ができた。　A5判

栗三直隆　2025・6刊

富山の近世・近代

—富山藩を中心に　4,000円

圧巻は藩の「財政欠陥」の部。天保期に全国四位の借金藩となり、出入りのあらゆる富裕者に借財、踏み倒していく有様の詳述。近代越中人の「アジア認識」について検討する部も刮目。広瀬淡窓や平田派門人、江戸の藩屋敷も初紹介。　A5判・445頁

黒田はる　2025・6刊

九十二歳　千秋万歳

1,300円

『米寿は通過点』を出した翌年、夫が九十三歳でなくなった。一人になったけれど、やりたいことはいっぱいある—それから三年、エッセイ集をもう一冊出すことができた。身の回りのあらゆることが書く素材になってくる不思議をご覧あれ。　四六判・210頁

上野千鶴子・山内マリコ著、藤井聡子協力　2025・7刊

地方女子たちの選択

1,800円

上野千鶴子×山内マリコ初共著。地方の若年女性の流出が問題視されるが、女性だけの問題なのか？富山の女性14人の語りを聞き取り、人生の選択に耳を傾ける。何を背負い、歩んできたのか。対談も収録し「地方女子」の現在地を示す。　四六判・268頁

秋道智彌、中井精一、経沢信弘　編集

富山の食と日本海

定価未定

本書は山から海に至る多様な生態環境にある富山の食に焦点をあて、自然・文化・歴史に応じて多様な食の展開を日本海という広がりのなかで記述する。そして、未来の食の在り方についての展望を次世代に向けて提案する。　B5判・200頁

記憶シリーズ

山村調査グループ編　1995･3刊　2004･11増補

村の記憶　（品切れ）

96年地方出版文化功労賞　2,400円

過疎化が進んでついに廃村となった富山の80村を探訪。元住民の声を聞き、深い闇に閉ざされた村の歴史を振り返る画期的な書。なぜ、村は消えたのか？地図や当時の写真も満載。　B5変判･341頁

竹内慎一郎編　'99･8刊　2008･8再版

地図の記憶

―伊能忠敬の越中国沿岸測量記　2,000円

忠敬が日本全国を測量したのは緯度1度の長さを確定するためでもあった。享和3(1803)年、越中沿岸を訪れた忠敬は何をし誰と会ったか、南北1度の確定と地図化はどのように具体化されたかを道中記と古絵図と文献で解明。　B5変判･250頁

鈴木明子・勝山敏一　2001･2刊

感化院の記憶

2002年地方出版文化功労賞　2,400円

明治国家が社会福祉分野で初めて予算をつけたのは感化院。不良児の処遇や子ども観の変遷を富山での創立者柴谷龍寛、滝本助造らの足跡にみる。感化院で育った院長の娘(明治44年生)の語りが感化教育の細部を蘇らせる。　B5変判･390頁

齊藤泰助　2001･2刊

山姥の記憶

2,000円

深山に棲む山妖怪「山姥」に関する伝承は驚くほど多い。室町初期成立の謡曲の舞台となった北陸道山中の上路や新潟･長野･飛騨･尾張･奥三河にまで伝承収集の範囲を広げ、金時伝承や機織り伝承、神話や花祭りとの関連を考証する。B5変判･200頁

草　卓人　2006･2刊

鉄道の記憶

3,800円

明治30年、県内最初の中越鉄道をはじめ、立山軽便鉄道、富山電気鉄道、富山軽便鉄道、神岡鉱山線、砺波軽便鉄道、庄川水電軌道、富山県営鉄道等、全17線の《試乗記》など当時の新聞記事を網羅。建設の背景や経営の評論も。使用写真700点。　709頁

松波淳一　2008･10刊　2010･5定本刊　2015･4重版刊

定本　カドミウム被害百年　回顧と展望

―イタイイタイ病の記憶（改題）　4,200円

世界に拡大するカドミウム被害の発生メカニズム、医学的解説や原因究明、裁判の経過、患者や家族の証言、汚染土壌復元や汚染米の現状、患者認定や資料館設置等、イタイイタイ病を「風化させないため」、被害の現状を伝え「拡大させないため」の最新定本版。　606頁

千保川を語る会編　2009･3刊

千保川の記憶

高岡開町400年記念出版　2,800円

砺波扇状地を貫流する大河であった千保川。薪や米や塩を載せた長舟が行き交い、前田利長公の築城以来、幾万もの人生を映して流れ去った川水を呼び戻すような400点の写真が見もの、100人を超える地元の執筆者による華麗な文化史。　B5変判･465頁

前田英雄編　2009･8刊

有峰の記憶

2,400円

昭和3年(1928)閉村、昭和35年ダム湖に水没した有峰村の歴史と民俗を網羅、分析する。里に出た元村人の子孫に伝わる伝承と写真も掲載。常願寺源流の奥深い山里に千年を生きてきた人々のことを深く知れば、いまの人々もきっと千年は生き延びられる。　B5変判･357頁

おわらを語る会編　2013･8刊

おわらの記憶

2,800円

富山市八尾町に伝わる民謡おわらは謎が多い。そんなおわらの実像を、文献資料を基に調査研究。明治から昭和初期までのおわらの変遷を紹介、おわらがどのように磨かれていったかを明らかにする。資料編として豊富な資料を収録。　B5変判･429頁

NPO法人 砺波土蔵の会編　2015･7刊

散居村の記憶

―となみ野　2,400円

茅葺から瓦屋根に、牛馬耕から耕耘機へ、曲がりくねる道が直線的に、昭和30年代に始まり40年代に奔流となった散居村の変容を身をもって味わった人たちの、郷愁よりも根源的な、追慕と未練から成る記憶80余と写真300枚。　B5変判･349頁

橋本　哲　2022･5刊

蟹工船の記憶

―富山と北海道　2,400円

カムチャッカで海水使用のカニ缶詰の世界初の製造は1917年。その富山県練習船「高志丸」に乗った大叔父の足跡を追い、北海道の県人に会い蟹工船事件を見つめて工場法と漁業法の矛盾を生きた工船に思いを馳せる。　B5変判･240頁

歴史・社会・文化

廣瀬　誠　'84·10刊 '96·5 4版

立山黒部奥山の歴史と伝承

10,000円

立山信仰のカギ姥尊を古代に溯って照明し、立山開山・曼荼羅を史学国学民俗学の成果を駆使して解明。近世近代登山史や奥山廻り究明の日本岳史。　A5判上製·650頁

廣瀬　誠　'96·4刊

越中萬葉と記紀の古伝承

5,500円

大伴家持の国守在任で花開く越中萬葉歌壇。高志の八岐の大蛇、出雲の八千矛神と高志の沼河姫との神婚、今昔物語の立山地獄等、越中を彩る萬葉歌と古伝承の世界を読みとく一書。　A5判·426頁

秋月　煌　'96·6刊

粗《そ》朶《だ》集《しゅう》

97年度地方出版文化功労賞

1,500円

富山のある山奥の村に暮らす作者が静謐と純潔の中で紡いだ初の短編集。収められた十三の物語は時に妖しく、どこか懐かしい。これは作者の手で開示された現代の神話だ。　四六判上製·286頁

西川麦子　第26回渋沢賞　'97·9刊 2004·3 2刷

ある近代産婆の物語

—能登・竹島みいの語りより　2,800円

大正期末、門前町で開業した新産婆は出産を大変革。衛生行政と警察、人口政策と戦前、戦後の子産みの激変。みいのライフヒストリーを軸に近代の形成を地域につぶさに見る。被差別者の生業の一つでもあった旧産婆の軌跡にも光。　A5判·350頁

布目順郎　'99·6刊

布目順郎著作集（全４巻）

—纖維文化史の研究　全巻セット 48,000円

氏は世界で最も多く古纖維を見た人と云われ、人骨や刀剣に付着出土する微小な纖維片から素材と産地を分析する。本著作集は纖維史に関する論文158編を網羅、纖維データも完載。総遺物767点、総写真793点、付表図95頁。　A5判函入·総1876頁

橋本　廣・佐伯邦夫編　2001·6刊

富山県山名録

4,800円

岳人94人が３年がかりで県内山名のすべてを網羅《585》座。20世紀後半、雪崩を打って山村は過疎化したが、山村文化の最後の砦は山名。その由来や歴史民俗まで書き及ぶ本書をもって子供たちに《山》のある生活を伝えたい。　B5判·総400頁

串岡弘昭　2002·3刊

ホイッスルブローアー＝内部告発者

—我が心に恥じるものなし　1,200円

業界のヤミカルテルを内部告発したトナミ運輸社員が、その後28年間昇格がなく仕事もなかった。残るも地獄、辞めるも地獄、耐え抜いて今、損害賠償と謝罪を求めて提訴。これは尊厳を懸けた戦い。ホイッスルブロー法を促す痛哭の書。　四六判·228頁

佐伯安一　竹内芳太郎賞　2002·4刊

富山民俗の位相

民家·料理·獅子舞·民具·年中行事·五箇山その他　10,000円

富山民俗の基礎資料を長年にわたり積み上げ、県市町村史に分厚い報告を続けてきた著者の初の論集。民具一つを提示するにも、資料価値をたっぷり残しつつ（写真300点）日本民俗を視野に入れた実に人間味あふれた文章で描き出す。　A5判·720頁

読売新聞北陸支社　2002·7刊

生と死の現在《いま》

1,500円

人間らしい生と死とはどういうことか。高齢化社会における介護問題、終末期医療のあり方、難病をかかえる人の生き方など、多様な視点を紹介し、生と死を通じて命の尊厳を考える。連載記事は「アップジョン医学記事賞」の特別賞を受けた。　四六判·268頁

松本直治（元陸軍報道班員）　1993·12刊

大本営派遣の記者たち

1,800円

「戦争がいけない」と言えるのは始まる日まで—東京新聞記者の著者（1912〜95）は1941年末、陸軍報道班員としてマレー戦線へ派遣されるや、シンガポール陥落など日本軍賛美の記事を送るしかなかった。井伏鱒二らの横顔を交え赤裸々に戦中の自己を綴る。戦後は富山で反戦記者魂を貫く。A5判·220頁

泉治夫·内島宏和·林茂 編　2005·6刊

とやま巨木探訪

3,200円

巨樹は一片のコケラにも樹霊がこもるという。23人の執筆者が500本余のリストから334本を選択し探訪。幹周·樹高や伝説を記録して全カラー掲載。付録「分布マップ」を手に例えば「暫定日本一」魚津市の洞杉を訪ねよう。　B5変形判·300頁

青木新門　1993・3初版　2006・4定本

定本　納棺夫日記

94年地方出版文化功労賞　1,500円

死体を洗い柩に納める、ふと気付くと傍らで元恋人がいっぱいの泪を湛え見ていた―人の死に絶えず接してきた人の静かなる声がロングセラーとなった。生と死を分け過ぎてはいけない、詩と童話を付した定本。　四六判・251頁

海野金一郎　2006・4刊

孤村のともし火

1,200円

1939〜43年、飛騨山中を診療に廻った医師の三つの探訪記。加須良（白川村）では痛切な幼子の弔い話、山之村（阿曽布村）では民俗も探訪、杣が池（高根村）では伝説を詳しく紹介。ほかに民間療法と熊の膽の話。写真満載！　四六判・160頁

松本文雄　2006・7刊　2014・12 2刷

司令部偵察機と富山

1,500円

太平洋戦争の末期、陸軍最高性能機の生産は空襲を避け富山県の呉羽紡績工場（大門・福野・井波）に移され、さらに庄川町山腹に地下工場を建設すべく―国家が個人を踏みにじるその様は、現・国民保護法の発動時が想像されて緊要なルポ。　四六判・195頁

福江　充　2006・9刊

立山信仰と布橋大灌頂法会

加賀藩芦峅寺衆徒の宗教儀礼と立山曼荼羅　2,800円

模写関係にある２つの立山曼荼羅の構図や画像と芦峅寺文書の分析から、大灌頂法会として確立される以前の江戸中期の布橋儀式を検討。また、立山信仰の根本の尊や、数珠繰り・立山大権現祭等の年中行事を論じる。　Ａ5判・298頁

長山直治　2006・11刊

兼六園を読み解く

その歴史と利用　3,000円

いつ出来たのか？　命名の経緯は？　宝暦9年の大火で焼失したのか？　現在の姿になったのはいつか？　等々、兼六園の歴史には多くの謎がある。藩政期の日記や記録類を丹念に読み解き、実像に迫る。そこには代々の藩主の姿も浮かび上がる。　Ａ5判・307頁

米丘寅吉　2008年地方出版文化奨励賞　2007・2刊

二人の炭焼、二人の紙漉

付・山口汎一「越中蛭谷紙」　2,000円

昭和21年、富山を振り出しに長野県栄村・群馬県東村と夫婦で遍歴、30年で元山に戻る伝統の炭焼、奥の深い技を披露する。故郷のビルダン紙を再興した妻が難病に倒れるとその紙漉を受け継ぐ、深く切ない夫婦の物語。　Ａ5判・255頁

山秋　真　荒井なみ子賞　やよりジャーナリスト賞　2007・5刊　2011・8再　2025・4刷

ためされた地方自治

―原発の代理戦争にゆれた能登半島・珠洲市民の13年　1,800円

買収、外人攻撃…国策や電力会社の攻勢、地方政治の泥仕合を、都会の若い女性がルポしながら生き方をゆさぶられていく記録。いつの間にか巨悪に加担させられている私たちの魂も揺さぶらずにいない。上野千鶴子教授、激賞！　四六判・271頁

佐伯安一　2007・10刊

近世砺波平野の開発と散村の展開

8,000円

近世を通じて砺波平野の新田開発がどのように進んだかを具体的に説明し、散村の成立とその史的展開を論証（一〜三章）。庄川の治水と用水（四・五章）。砺波平野の十町（六章）。農業技術史（七章）。巻末に砺波郡の近世村落一覧表。　Ｂ5判・371頁

尾田武雄　2008・3刊

とやまの石仏たち

2,800円

太子像が多い地区、痩せ仏の多い地区、真宗王国富山県は特色ある石仏の宝庫。30年の石仏研究を重ねた著者が、富山の石仏種のすべてを紹介。秘仏の写真や著者お薦め散策コース、見やすいガイドマップとカラー写真を満載。　Ｂ5変判・191頁

久保尚文　2008・9刊

越中富山　山野《さんや》川湊《せんそう》の中世史

5,600円

神通川上流山域と下流の湊を結んだ鮮烈な巻頭論、喚起泉達録と牛ヶ首用水、院政期堀江荘、小出と金剛寺、崇聖寺と金屋・鋳物師、太田保と曹洞禅、和田惟政文書、陣門流法華宗、土肥氏、佐々成政の冬季ざら越え否定論など、前著から24年、新稿12編を含む17編。　Ａ5判・487頁

佐伯安一　2009・2刊　2013・8再版

合掌造り民家成立史考

日本建築学会文化賞　1,905円

60度正三角形の小屋組、合掌造りの発祥は五箇山なのか、飛騨白川郷なのか。氷見の大窪大工はどのように五箇山に入ったのか。江戸期の普請帳などを提示しながら成立過程を明確に論証、いくつかの大疑問に決着をつける。　Ａ5判・180頁

千秋謙治　2009・11刊

越中五箇山　炉辺史話

800円

平地へとがる峠道、対岸と結ぶ籠の渡、念仏道場を中心とした信仰、塩硝を生産し流刑地であった江戸期、合掌造り集落として世界遺産に登録など、明治になるまでは秘境ともいえた五箇山の暮らしと信仰と歴史を語る。　新書判・228頁

高木千恵・水谷美保・松丸真大・真田信治　2009・12刊

最古の富山県方言集

―高岡新報掲載「越中の方言」（武内七郎）　2,000円

大正期の新聞連載記事。見出し語は延3218語、名詞、動詞、副詞的表現や慣用句、俚諺が扱われている。名詞類は、植物名や農具名、親族名称のほか、地名・字や馬の毛色の表現など多岐。地域差や社会階層との関連にも言及。　四六判・352頁

中坪達哉　2010・4刊

前田普羅　その求道の詩魂

第25回俳人協会評論賞　2,000円

「わが俳句は俳句のためにあらず、更に高く深きものへの階段に過ぎず。こは俳句をいやしみたる意味にあらで、俳句を尊貴なる手段となしたるに過ぎず」普羅の作句精神を、普羅創刊『辛夷』の4代目主宰である著者が伝える。　四六判・240頁

井本三夫　2010・9刊

水橋町（富山県）の米騒動

2,000円

大正7年（1918）富山県米騒動は7月初めに水橋町で起こった。女仲仕や漁師の女房、軍人や目撃者から1960年代と1980年代に聞書きされた50もの証言を組み合わせ全体像を浮き彫りにする。米騒動研究の原点となるだろう。　B5変判・276頁

勝山敏一　2010・11刊

女一揆の誕生

―置き米と港町　2,000円

大正7年、富山県の港町で起こった米騒動は漁師の妻たちの決起。なぜ女性が？なぜ港町に？米価高騰時、移出米の一部を貧民に置いていく特別法が天明3年（1793）新潟県寺泊港に創始され、このことと連動してきたことを突き止める。　282頁

太田久夫　2011・7刊

富山県の基本図書

―ふるさと調べの道しるべ　1,800円

地域のことは、国語辞書や百科事典をみても分からない。長年、図書館司書として郷土資料に携わった著者が、富山県のことを調べるために有用な本127冊を取り上げて紹介。生涯学習や学校の総合学習の際の必携書。　A5判・252頁

向井嘉之・森岡斗志尚　2011・8刊

イタイイタイ病報道史

17回ジャーナリスト基金賞奨励賞　3,200円

イタイイタイ病が公害病に認定されて40年余り。明治以降、日本の新聞・雑誌・放送がどのように公害病を報道してきたのか。「公害ジャーナリズム」の視点から、公害病と向き合ってきたメディアの真の姿を知る報道史資料満載。　A5判・425頁

米田まさのり　2011・10刊

立山縁起絵巻

―有頼と十の物語　1,200円

白鷹を立山に追った有頼が見たものとは。有頼を慕い、禁を破り女人禁制の立山へ足を踏み入れた伏姫の運命は。開山伝説の伝える真実とは。ネパールで発想、立山山頂で完成された創作ストーリー。未来へ結ぶいのちの物語。　A5判・191頁

栗三直隆　2012・2刊

浄土と曇鸞

―中国仏教をひらく　1,800円

六世紀半ば、他力信心を中国で初めて説いた曇鸞（日本の親鸞はその「鸞」字をとる）。山西省五台山近くに生まれ、60歳で玄中寺に居住、各地に赴いて念仏往生を勧めた。その生涯の全貌を初めて詳らかにする全カラーの旧蹟探訪。　A5判・132頁

藤囲会編　2012・3刊

富山地学紀行

2,200円

東の立山から南の飛騨、西の能登へ延びる山稜、これら三方は古い岩石で形成、北の海岸に向かうほど新しくなる富山県。川流域ごと11に分け、天然記念物など地学スポット50ヵ所をカラーで紹介。藤井昭二富大名誉教授を囲む12名の執筆。　A5判

松木鴻諮編　2012・10刊

富山の探鳥地

―バードウォッチングに行こう！　2,000円

富山県内32ヶ所のお薦め探鳥地を春から順に紹介。各地で観察できる代表的な鳥たちをカラー写真（70点）で大きく掲載。見るだけで探鳥気分が味わえる。富山県鳥類目録は中級者以上にも役立つ最新棲息情報満載。　A5判・153頁

柏原兵三（芥川賞作家）　'83刊 2013・2 2版

長い道

1,900円

太平洋戦争末期、父の古里へ一人で疎開した少年。土地っ子の級長が除け者にしたり物語を強制したりさまざまな屈従を強いるが、いじめられっこの魂が爆発、ついに暴力が―篠田正浩監督「少年時代」として映画化された疎開文学の傑作。　四六判・460頁

飛鳥寛栗　2013・4刊

棟方志功・越中ものがたり

2,000円

「私は富山では大きないただきものをしました。それは南無阿弥陀仏」(自伝)。福光町疎開の６年を超えて、棟方の模索と探究にかかわった中田町の真宗僧侶の懐古記。大作制作依頼から五箇山での「榮当」物語まで13編。　A５変判・全カラー223頁

保科齊彦　2013・6刊

越中草島　狐火騒動の真相

―加賀藩主往還道の農民生活　2,000円

文化８年(1811)６月から翌年４月まで88件もの不審火が発生。「狐火」の真相を肝煎文書に探ると、加賀藩と富山藩が入り混じる村の過酷な宿場負担が浮かぶ。研究者にも驚きをもたらすだろう。挿図写真は全カラー100点余。　B５変判・187頁

長山直治　2013・9刊

加賀藩を考える

―藩主・海運・金沢町　2,000円

マスコミの描く加賀藩の歴史像、たとえば藩が能を奨励したため金沢では能楽が盛ん、と説明されることがあるが、藩が直接町人に能を奨励している史料は確認できず、無条件に奨励されていたわけではない。本書では藩主、海運、金沢町という観点から加賀藩像の実像に迫る。　A5判・304頁

古川知明　2014・3刊

富山城の縄張と城下町の構造

5,000円

利長が整備した慶長期の富山城。利次が整備した寛文期の富山城。それぞれの城郭と城下町の特色と変遷を、発掘調査の成果・絵図・文書を駆使して明らかにする。また、富山城と高岡城との比較、高岡城の高山右近縄張説を検討。　A５判・393頁

森　葉月　2014・5刊

宗教・反宗教・脱宗教

―作家岩倉政治における思想の冒険　3,000円

岩倉政治は禅学者の鈴木大拙とマルクス主義哲学者の戸坂潤との出会いにより、唯物論の学習に邁進するが、その本領は「宗教か反宗教か」「親鸞かマルクスか」にとどまらず、思想の冒険へと踏み出していくところにあった。岩倉の「脱宗教」は、親鸞の「自然法爾」と結びつく。岩倉の生涯をたどり、その思想と文学を論じた出色の力作。　四六判・367頁

勝山敏一　2015・2刊

明治・行き当たりレンズ

―他人本位から自己本位へ、そして　1,800円

富山郊外を散歩、行き当たりばったりカメラを向け市民の反応を記していく連載記事をていねいに分析、江戸期文明の残影と明治末の富山人の価値観を掬い上げる。高岡新報・井上江花遺族宅に残った原版70点を甦らせたカラー版。　A５判・149頁

盛永宏太郎　2015・8刊

越嵐

―戦国北陸三国志　2,800円

室町幕府誕生から江戸幕府開設当初まで主な戦乱を取り込み、天下を動かした権力者たちの動向と、それに連動した北陸武将の活躍を伝える戦国物語。原則年代順に書かれているので北陸地方の歴史を知る上でたいへん面白い。　四六判・750頁

高岡新報編　2015・9刊

越中怪談紀行

1,800円

例えば、浮世の味気なきを感じた遊女が身を沈めた「池」が放生津沖の「海」中に今もあるという。奇怪な仕掛けを持ち、庶民のうっ積した情念をみる怪談を集め、100年前の1914(大正３)年に連載された48話を現地探訪するカラー版。　A５判・153頁

富山県建築士会　2016・3刊

建築職人アーカイブ

富山の住まいと街並みを造った職人たち　1,500円

木挽・製材・銘木・大工・宮大工・鋸目立・型枠・鉄筋・鉄工・杭打・栗石・茅葺・土居葺・瓦焼・瓦葺・板金・鋳・アルミキャスト・防水・左官・鏝絵・タイル・建具・漆塗・木工・家具・畳工・配管・鑿井・電工・曳方・石貼・石工・造園・看板。36職82名の人物紹介。　A5判・219頁

磯部祐子・森賀一惠　2016・3刊　2017・3刊

富山文学の黎明(一)(二)

―漢文小説『蛤洲餘珠』を読む　1,100円　1,300円

高岡の漢学者、寺崎蛤洲の漢文小説『蛤洲餘珠』。『始祖伝説「六治古」』は孝行息子、六治古の話。『毛佛翁』は坊主におちょくられ調子に乗る下女の話。『蜃棲』は悪人の横恋慕で引き裂かれた夫婦が竜宮王の恩返しで救われる話。全17話を翻訳、解説する。　四六判・124頁・154頁

神通川むかし歩き編集委員会編　2016・3刊
神通川むかし歩き
900円
かつて富山の町中を流れていた神通川。時々暴れるが豊かな漁場をもち鮎・鮭・鱒が多く獲れた。明治の改修により町中から消えた大河について古老の川漁師に聞書、抜群に面白い話をつむぐ。むかしの神通川を歩いてみよう。　A5判・95頁

山本勝博著、稲村修監修　2016・5刊
ホタルイカ
—不思議の海の妖精たち
1,300円
発光するイカが産卵のため沿岸に集まってくる世界でただ一ヶ所の富山湾中部、とりわけ滑川沖は国の天然記念物に指定。その発光の仕組み、目的、回遊経路など生物学的にわかりやすく解説、100点余のカラー写真を掲載。　B5判・102頁

丸本由美子　2016・6刊
加賀藩救恤考
—非人小屋の成立と限界
3,700円
早期かつ大規模に実施された救恤政策により「政治は一加賀、二土佐」と称されたその実像を検証する画期的論考。寛文飢饉、元禄飢饉、そして天保飢饉、非人小屋創設の経緯を軸に藩政がいかなる展開を見せるかを明らかに。　A5判・264頁

勝山敏一　2016・6刊
北陸海に鯨が来た頃
2,000円
明治初め突然に捕鯨を始める内灘・美川・日末の加賀沿海。定置網発祥の越中・能登では江戸中期から「専守防衛」の捕鯨が。見渡す限りの鯨群が日本海にあったことを実感する初の北陸捕鯨史。「能州鯨捕絵巻」や遺品もカラー紹介。　A5判・237頁

竹松幸香　2016・6刊
近世金沢の出版
4,200円
金沢の書肆が関わった出版物と金沢の書肆を悉皆調査し、三都や他地方と比較。俳人・儒者・町人・与力の日記、陪臣の蔵書や「書目」等を分析し、書物の受容と文化交流を検討。加賀藩の文化のあり方を再考する。　A5判・284頁

小倉利丸　2016・10刊
絶望のユートピア
5,000円
なぜ今の日本が、世界が、これほどまでに不安定で脆弱なのか？　ナショナリズムの不寛容、環境と生命を蔑ろにする科学技術、戦争を平和と言いくるめる政治の欺瞞を抉り、分野・領域を超えて絶望の時代からユートピアの夢を探るエッセイ群。　A5判・1250頁

深井甚三　2016・10刊
加賀藩の都市の研究
6,000円
富山藩・大聖寺藩も対象にしていて前田藩領社会の研究。第一部：町の形成・展開と村・地域（氷見、小杉、城端、井波）、第二部：環境・災害と都市（氷見、西岩瀬、泊、小杉新町）、第三部：町の住民と商業・流通（井波、大聖寺、金沢、氷見、小杉）。　A5判・556頁、カラー口絵6頁

桂書房Casa小院瀬見編集部　2016・12刊
越中　福光麻布
1,800円
砺波郡では八講布という麻布が織られていた。小松絹と並び、加賀藩随一の産品で集散地の名をとり福光麻布と呼ばれてきたが、昭和天皇大喪の礼の古装束布供給を最後に途絶えた。本著のため織機を復元し麻布復活の夢を託す。　四六版・192頁

経沢信弘　2017・5刊
古代越中の万葉料理
1,300円
プロ料理人が万葉歌と時代背景を分析、古代人の食材への向き合い方に迫り、1300年前の料理を再現。カタクリ・しただみ・鯛・鴨・鮎・すすたけ・葦附・赤米・藻塩・寒天・蘇。当時の土器を用いたカラー撮影。論考も付く。　A5変・93頁

一前悦郎　山崎　栄　2017・10刊
関東下知状を読む
弘長二年　越中弘瀬郷
2,000円
鎌倉時代、越中弘瀬郷（富山県南砺市）に領家と地頭の争いに幕府から下された「弘長二年関東下知状」が伝わる。長文でしかも難解な裁判記録を読み解くうちに今から800年前の郷土の歴史がおぼろげに見えてきた。　A5判・216頁

木本秀樹　2017・12刊
越中の古代勢力と北陸社会
2,500円
北陸道・支道の古代跡の県内発見や三越分割以前の「高志国」木簡などをもとに在地勢力を検討、唐人の越中国補任や『喚起泉達録』の考察、災害古記録を収集し対処法から思想を見るなど、最新の古代北陸像について書き下ろす。　A5判・300頁

阿南　透・藤本武編　2018・3刊

富山の祭り

—町・人・季節輝く　1,800円

秀吉下賜の高岡御車山に始まり城端・伏木・新湊・岩瀬の曳山、福野・砺波の夜高、八尾風の盆、魚津のたてもん、富山市のさんさい踊り、福岡町のつくりもんの10の祭り、その運営にまで迫る全カラーの研究レポート。　A5判・250頁

大西泰正　2018・8刊

論集　加賀藩前田家と八丈島宇喜多一類

2,000円

関ヶ原合戦に敗れた備前岡山の大名宇喜多秀家。八丈島に流された秀家親子とその子孫の実像を、加賀藩前田家との関係を通じて明快に復元する。新たな史料を駆使して描かれる没落大名の軌跡。通説を切り崩す研究成果。　A5判・188頁

米原　寛　2018・10刊

立山信仰研究の諸論点

2,500円

立山信仰研究の論点である開山の概念と時期、信仰景観の変容、立山信仰の基層をなす思想、立山曼荼羅の諸相と布橋大灌頂の思想、山岳信仰の受容と継承・発展の舞台となった宗教村落芦峅寺の活動などから考察する。　A5判・360頁

木越隆三　2019・5刊

加賀藩改作法の地域的展開

—地域多様性と藩アイデンティティー—　4,200円

利常最晩年に実施された改作法には、加能越三カ国一〇郡の地域多様性に配慮した工夫が随所にあった。「御開作」という農業振興理念を掲げ加賀藩政のシンボルとなった改作法の原型にメスを入れ、領民の藩帰属意識に作用した背景に迫る。　A5判・420頁

笠森　勇　2019・10刊

堀田善衞の文学世界

2,000円

文明批評家の視点をもつ堀田善衞、そのユニークな文学世界を概観。人類が築き上げてきた叡智もそこのけにして、いつでも戦争という愚行にはしる人間を描く堀田文学には、類まれな世界的視野と未来への志向がある。　A5判・255頁

【語り部】小澤浩・吉田裕・犬島肇・山田博・鈴木明子・勝山敏一　2019・11刊

ものがたり〈近代日本と憲法〉

—憲法問題を「歴史」からひもとく　1,600円

歴史研究者と市民の有志が、立場や思想の違いを超えて「憲法問題」を語り合った意欲作。執筆者を「語り部」になぞらえ、地域史の視点を盛り込むなど、歴史教科書にない面白さを追求し「近代日本」問題を提起する書。　A5判・170頁

池田仁子　2019・12刊

加賀藩社会の医療と暮らし

3,000円

藩主前田家の医療、医療政策、藩老の家臣と生活、町の暮しと医者、庭の利用と保養、安宅船の朝鮮漂流と動向、村の生活文化など、一次史料を駆使。政治史的視座の必要性を説き、医療文化の呼称を試みる。　A5判・344頁

盛永宏太郎　2020・9刊

戦国越中外史

2,000円

戦国時代の主に越中と越中に有縁の人々の生き様を軸にして時代の流れを描く。嘉吉元年（1441）の嘉吉の乱に始まり大坂冬の陣と夏の陣を経て、幕府の厳しい監視下で戦争のない天下泰平の世に至った174年間の戦国外史。　四六判・527頁

栗三直隆　2020・12刊

スペイン風邪の記憶

—大流行の富山県　1,300円

新型コロナ流行の現在から100年前、アメリカ発祥のインフルエンザが第一次大戦の人移動によりパンデミックに。日本でも富山県でいち早く大流行、第三波まで41万人感染、死者5500人に。その実態報告を緊急出版！　A5判・117頁

保科齊彦編　2021・5刊

加賀藩の十村と十村分役

—越中を中心に—　10,000円

「一加賀、二土佐」と評価された加賀藩政は改作法、十村制度に負う。越中の農業・農政を担った百姓代官十村役を年別・役別・組別に一覧し、制度の変遷・特色を考える。富山藩十村役も点描、加越能三カ国全十村名簿収録。　B5判・1000頁

川崎一朗　2021・11刊

立山の賦

—地球科学から　3,000円

立山とその周辺を近畿中央部と対照しながら、活断層と地殻変動、深部構造と第四紀隆起、小竹貝塚、大伴家持と立山、飛騨山地の地震活動などを絡め地球科学と考古学・古代史の架橋を試み、その最新データを全カラー報告。　B5判・347頁

堀江節子　2023・7刊

黒三ダムと朝鮮人労働者

—高熱隧道の向こうへ　2,000円

前作『黒部・底方の声—朝鮮人労働者と黒三ダム』(1992年刊）が2023年に韓国語翻訳される。その続編として黒三ダムと朝鮮人の現在を記す。過去を変えることはできないが、二つの国の未来は変えられる?!——昨今の日韓関係のなかで、見つめ直す歴史と今。この本は、平和を願う人々の希望によって生まれた。　A5判・232頁

翁久允　須田満・水野真理子編集　2023・10刊

悪の日影

翁久允叢書１　1,000円

シアトル近郊で働きながら学校に通う文学青年戸村が、仲間たちとともに恋や人生に悩む姿を、自然主義的な作風で濃密に描いた青春群像劇。既婚者である酌婦らとの恋愛、青年たちは異国において人生の悲哀を味わい苦悶する。サンフランシスコの邦字新聞『日米』に1915年に発表された移民地文芸の代表作。　文庫判・342頁

翁久允　須田満・水野真理子編集　2023・12刊

日本人の罪　メリー・クリスマス　翁久允戯曲集１

翁久允叢書２　1,000円

翁久允(1888-1973)が、自ら主宰した郷土研究誌『高志人』(こしびと)に1947年５月から1948年４月までに発表した戯曲三作。第二次世界大戦後の混乱が収まらない時期の富山市や近郊の町を舞台に、地元のことばである「富山弁」が、当時の世相描写にリアルな臨場感を与えて物語が展開する秀作である。　文庫判・259頁

勝山敏一　2023・11刊

元禄の『グラミン銀行』

—加賀藩「連帯経済」の行方　2,000円

元禄10年〈1697〉質草を持たぬ貧民に無担保で金を貸す仕法を加賀藩が創始。富裕者が間接的に貧民に贈与する仕組みで、越中新川郡が日本一の木綿布産地になるその下支えが元手を得た彼らであったことを初めて描く画期の書。　四六判・210頁

若林陵一　2023・10刊

中世「村」の登場

—加賀国倉月荘と地域社会　2,700円

中世後期に出現した「村」社会。その成り立ちには荘園制における領有主体の多元化が関係していた。外部諸勢力の関与、「郡」や「庄」等の制度的枠組とも重なり合うなか「村」はどのように織られていったのか。「村」を〈一個の交渉主体〉として捉え直し考察。　A5判・232頁

立野幸雄　2023・12刊

富山の文学・歴史散策

2,000円

土地の伝説や民俗・歴史を横糸に、人物が縦糸になって文学は生まれることを、県内76カ所を散策して美布を織りあげるように紡いでみせる好著。鏡花・高橋治・新田次郎・吉村昭ら富山ゆかりの作品エピソードエッセイも付す。　四六判・289頁

堀田善衛の会（編；竹内・高橋・野村・丸山）　2024・6刊

堀田善衛研究論集

—世界を見据えた文学と思想　4,000円

500頁の大冊、総勢18名によるオリジナルな論考の集成。近年の堀田研究の進展に基づく、斬新な視点と問題提起に富む多彩な試み。①堀田善衛との対話、②作品論、③堀田文学の多彩な関わりの世界、④インタビューから成る。　A5判上製・504頁

渡邊一美　2024・7刊

評伝　石崎光瑤

—至高の花鳥画を求めて　2,400円

富山県福光出身。大正・昭和前期に官展で活躍した京都画壇の日本画家「光瑤こうよう」。写実性と装飾性が美しく融和した画境は、近代花鳥画の頂点を成した。真美を希求し続けた光瑤の画業の背後にある様々なファクトを探る。　四六判・368頁

小林孝信　2024・7刊

愛し、きつメロ

—看取りと戦争と—　1,800円

「米騒動」の年に生まれた女性「美戸」の敗戦直後まで事実を基にしたフィクション。作中で脅威を振るう結核は「新型コロナ」と重なり、戦争の脅威も再び迫る今、ヤングケアラーから結婚を経ていく彼女の軌跡はある可能性を示唆。　四六判・420頁

高田政公　2024・8刊

学校をつくった男の物語

1,500円

1933年生。苦学して司法・行政書士、土地家屋調査士、宅地建物取引などを開業、33歳でダイエーの高岡店用地3000坪買収に成功。その利を測量専門学校創立に傾注、1973年の北陸開校から10周年・辞任まで波乱の半生を語る。　四六判・192頁

齊藤大紀　2024・9刊

リルを探してくれないか

—津村謙伝　2,400円

入善町出身の津村謙(1923-61)は、「上海帰りのリル」などのヒット曲によって、戦後の大スターとなった。富山育ちの物静かで心優しい少年が、類まれな美声と努力によって夢をつかみながらも、不慮の事故によって早世するまでの、夢と挫折の物語。　B5変判・326頁

各種シリーズ

日本海／東アジアの地中海　日本海総合研究プロジェクト研究報告１

金関恕／監修　中井精一・内山純蔵・高橋浩二／編　2004・3刊　A5判・300頁　3,000円

アワビを求めて日本海沿岸を移動する古代のアマ集団。冬場、集落をイノシシの狩場にする縄文人。方言の東西対立や音韻現象の分布に見る古代の文化受容。日本海沿岸文化を考古学、人類学、社会言語学などから分析する論考12篇。

日本海沿岸の地域特性とことば　—富山県方言の過去・現在・未来

真田信治／監修 中井精一・内山純蔵・高橋浩二／編　2004・3刊　A5判・304頁　3,000円

ことばは、人に最も密接した文化である。方言地理学・比較言語学・社会言語学等々ことばの分析から、サハリンから九州まで富山県を中心とした日本海沿岸地域を考える論考16篇。日本海総合研究プロジェクト研究報告２。

日本のフィールド言語学　—新たな学の創造にむけた富山からの提言

真田信治／監修　中井精一・ダニエル ロング・松田謙次郎／編　2006・5刊　A5判・330頁　3,000円

中間言語とネオ方言の比較、語彙と環境利用、誤用と言語変化の関わり、談話資料の文法研究、方言談話の地域差・世代差・場面差、方言と共通語の使い分け意識、等々22名の論考。

海域世界のネットワークと重層性　日本海総合研究プロジェクト研究報告３

濱下武志／監修 川村朋貴・小林功・中井精一／編　2008・5刊　A5判・265頁　3,000円

一見、障壁のような海は、無関係のように見える各地の人々の生活を結びつける。17世紀初頭朝鮮に伝えられた世界地理情報、生麦事件～薩英戦争に見る幕・薩・英の関係、シンガポールにおけるイギリス帝国体制の再編、上海共同租界行政、ほか。

東アジア内海の環境と文化　日本海総合研究プロジェクト研究報告５

金関恕／監修　内山純蔵・中井精一・中村大／編　2010・3刊　A5判・362頁　3,000円

石器組成から見た定住化の過程、気象語彙や観天望気にみる環境認識、龍・大蛇説話が語る開拓と洪水、観光戦略とイメージ形成。環境と文化がどのように作用するかを、考古学・言語学・民俗学・地理学・人類学から探る。

人文知のカレイドスコープ　富山大学人文学部叢書１

富山大学人文学部編　2018・3刊　A5判・149頁　1,500円

脳障害の社会学、ダークツーリズム、敬語の地域例、出土仮名文字、内藤湖南と桑原隲蔵、カントの理性批判、犯罪を人文学する、最新アメリカ映画、ドイツ語辞典重要語、甲骨文の普遍性、漢文訓読の転回など12の多分野報告。

人文知のカレイドスコープ　富山大学人文学部叢書Ⅱ

富山大学人文学部編　2019・3刊　A5判・115頁　1,500円

連続体の迷宮、フランス右翼の論理、ロシア人の死生観、「宇治十帖」とジッド「狭き門」、ルールとは何か、韓国のLGBT、アメリカの生殖を巡るポリティクス、子どもの生活空間と町づくり、音声面での方言らしさの定義等。

人文知のカレイドスコープ　富山大学人文学部叢書Ⅲ

富山大学人文学部編　2020・3刊　A5判・120頁　1,500円

連体修飾の幻影／英語の所有表現／コリャーク語／『ハムレット』改作／アリストテレス時間論／中央アジア近世史／スェーデン兵の従軍記録／人工知能の社会学／トークセラピー／黒人教会の音楽する身体／人間の安全保障ほか

人文知のカレイドスコープ　富山大学人文学部叢書Ⅳ

富山大学人文学部編　2021・3刊　A5判・95頁　1,300円

日本語の運用と継承、1709年のペストとスウェーデン、感染症と人文学、ハーンと感染症、20世紀初頭アメリカの感染症、パンデミックと世界文学、ボランタリーな地理情報の可能性、新型コロナウィルスがもたらす心理。

人文知のカレイドスコープ　富山大学人文学部叢書Ⅴ

富山大学人文学部編　2022・3刊　A5判・132頁　1,500円

ソマリランドという名称を用いる人々、承久の乱の歴史像、白バラのビラ、翻訳を通した言語対照、ワーキングメモリ、離婚後の親子関係、青少年のコロナ禍、気分・感情のコントロール、歌手・津村謙、母性という隠れ蓑。

人文知のカレイドスコープ　富山大学人文学部叢書Ⅵ

富山大学人文学部編　2023・3刊　A5判・89頁、1,300円

朝鮮語の處格と屬格、日本語の文章ジャンルと文法形式、唐の帝国的支配の構造、貝原益軒の思想、テクスト化された脱北者の語り、漢詩人岡崎藍田がみた中国、出土絵馬の研究。

人文知のカレイドスコープ　富山大学人文学部叢書Ⅶ

富山大学人文学部編　2024·3刊　A5判·91頁、1,300円

バフチンの小説論と読者、富山杉谷４号墳、気づかない方言文末、音注は意味を示す、難病患者の就労、可視化する小学生の登下校。

人文知のカレイドスコープ　富山大学人文学部叢書Ⅷ

富山大学人文学部編　2025·3刊　A5判·96頁、1,300円

地方俳誌の可能性・メルビルとジョン万次郎・大規模言語モデル・不登校支援・うらみとは・自分が自分であるという感覚・獅子舞の生態・祭りへのまなざしほか

その他の翻刻・影印本

加賀藩料理人舟木伝内編著集

2006·4刊　A5判·290頁　4,000円

享保10年「舟木伝内随筆」享保17年「料理方故実伝略」享保18年「調禁忌弁略序」安永４年「五節句集解」安永５年「式正膳部集解」寛政６年「ちから草」「力草聞書」「料理ちから草聞書」の翻刻。

〈加賀料理〉考

陶智子・笠原好美・綿抜豊昭編　2009·4刊　A5判·217頁　2,800円

加賀料理を藩主の御前料理に限定して、じぶ・燕巣・麩・豆腐・鱈・鮭・鯛・鯉について考察８編。そしてお抱え料理人・小島為善（1816〜93）の編著から公的な献立・作法を記した『真砂子集』、調理方法をまとめた『真砂子集聞書』を翻刻。付・小島為善―編著集

フラーシェムN・良子 校訂・編集　2016·4刊

榊原守郁史記

―安政５年〜明治22年　2,400円

200石取り加賀藩士が日々ひろげる交友関係は夥しい。政治向き文化向き多層の武士・町人の往来記録は多様な研究観点に応えよう。元治の変や慶応三年鳥羽伏見の戦い、戊辰の役など、歴史的証言も貴重。詳細な人名註が付く。　A5判·210頁

監修·長山直治　編者(解読)·髙木喜美子　2011·4刊

大野木克寛日記（本編６巻＋別巻１）

―享保元年(1716)〜宝暦４年(1754)　46,000円

加賀藩の奏者番(1650石)をつとめる上級武士の日記の全翻刻(原本32巻は金沢市立玉川近世史料館蔵)。公務や諸藩士の動き、江戸や他藩の情報の出入りから家内の暮らしまで、史料の少ない近世中期の得がたい資料集。綱文・人名索引あり。

政隣記

津田政隣編、校訂・編集＝読む有志の会（代表 髙木喜美子）　A5判·平均400頁

天文７年から文化11年(編者没年)まで加賀藩政を編年体でまとめた重要史書。公刊の「加賀藩史料」が多くを拠ったもので、誤記・省略点少なからずとされていたところ、校訂者が全翻刻を企画。随時続刊。

―享保元年〜二十年	2013·2刊	3,000円
―元文元年〜延享四年	2013·10刊	3,000円
―延享四年〜宝暦十年	2014·3刊	3,000円
―宝暦十一年〜安永七年	2015·2刊	3,000円
―安永八年〜天明二年	2016·4刊	3,000円
―天明三年〜六年	2017·6刊	3,500円
―天明七年〜九年	2017·10刊	3,000円
―寛政二年〜四年	2018·6刊	3,000円
―寛政五年	2019·5刊	2,500円
―寛政六年〜七年	2020·1刊	3,000円
―寛政八年〜十二年	2020·5刊	3,000円
―享和元年〜三年	2021·1刊	3,000円
―文化元年〜二年	2021·6刊	3,000円
―文化三年〜四年	2023·3刊	4,000円

麦仙城烏岬著　富山郷土史会編　2020·9刊

「俳諧　多磨比路飛」影印・翻刻

1,600円

安政３年（1856）刊の俳諧選集。画工・守美の越中名所図絵31枚を配し、高岡・氷見・新湊・小杉・岩瀬・上市・三日市・泊・滑川・井波・福野・福光・水橋・富山と各地俳人の句を紹介。

A４判·95頁

太田久夫・仁ヶ竹亮介編　2022·3刊

林忠正等書簡集（翻刻）

1,800円

幕末に越中高岡の蘭方医・長崎家に生まれ、パリで世界的な美術商として成功、東西美術の交流に尽力した忠正が実家の長崎家に宛てた書簡等52通の翻刻を初公開。付録に忠正関連の文献・記事目録や口述自伝も収録。　A４判·111頁

越中資料集成

A5判 上製函入

富山藩侍帳／町吟味所御触書／越中古文書／越中紀行文集／喚起泉達録・越中奇談集／黒部奥山廻記録／旧新川県誌稿・海内果関係文書／越中真宗史料／越中立山古記録（Ⅰ・Ⅱ）（Ⅲ・Ⅳ）

城郭図面集

佐伯哲也　2012・5刊

越中中世城郭図面集Ⅱ

―東部編（下新川郡・黒部市・魚津市・滑川市）　2,000円

全国の中世城郭を調査してきた著者が、富山県の城館を紹介するシリーズ第２弾。鎌倉時代以降に築城され慶長20年（1615）以前に廃城となった東部の中世館41ヵ所を、松倉城（魚津市）を中心に縄張図や故事来歴で解説。　A4判・81頁

佐伯哲也　2013・11刊

越中中世城郭図面集Ⅲ

―西部（氷見・高岡・小矢部・砺波・南砺）・補遺編　5,000円

鎌倉期以降に築城、慶長20年（1615）以前に廃城の県西部の城館85ヵ所の縄張り図を掲げ、故事来歴も解説。有名な増山城や高岡城は特別増頁で紹介。これで219ヵ所を網羅することになるファン待望の三巻目完結編。　A4判・277頁

佐伯哲也　2015・8刊

能登中世城郭図面集

4,000円

旧能登国（珠洲市・輪島市・能都町・穴水町・志賀町・七尾市・中能登町・羽咋市・宝達志水町）の城郭119城を、すべて詳細な縄張図を添付して紹介。加えて文献史学・考古学の最新成果も解説。能登城郭を一覧できる決定版。　A4判・274頁

佐伯哲也　2017・3刊

加賀中世城郭図面集

5,000円

「百姓の持ちたる国」加賀国では一向一揆城郭と織田軍城郭がいりみだれて存在、最新知見をとりこみ従来報告の多くを訂正する。初源的な惣堀の残る和田山城（能美市）、北陸街道を扼する堅田城（金沢市）など63城、他28遺構。　A4判・229頁

佐伯哲也　2018・5刊

飛驒中世城郭図面集

5,000円

三木・江馬・姉小路氏が激突した舞台の城郭を、新視点から切り込み、新説を多く取り入れ解説。特論「松倉城の石垣について」は従来説を大きく覆す。全114城に詳細な平面図・推定復元図を添付して説明するので研究者必携。　A4判・300頁

佐伯哲也　2019・7刊

越前中世城郭図面集Ⅰ

―越前北部編
（福井県あわら市・坂井市・勝山市・大野市・永平寺町）　2,500円

詳細な縄張図を付した中世城郭51城。ほぼ無名だった越前北部の城郭を新視点から優れた城郭だったことを証明。また特論で、馬出曲輪の存在が朝倉氏城郭の特徴の一つという新説も発表。越前研究必携の３部作第１作。　A4判・143頁

佐伯哲也　2020・8刊

越前中世城郭図面集Ⅱ

―越前中部編（福井市・越前町・鯖江市）　2,500円

全53城館。有名な朝倉氏代々の居城・一乗谷城の詳細な縄張図はもちろん、谷を包囲する出城・支城すべての縄張図を紹介（足掛け30年を要した）。一乗谷城に関する特論（新説）も記載して、朝倉氏研究必携の一冊。　A4判・165頁

佐伯哲也　2021・12刊

越前中世城郭図面集Ⅲ

―越前南部編
（越前市・池田町・南越前町・敦賀市）　3,000円

怨み文字瓦が出土し、さらに初期天守の貴重な遺構のある小丸城。豊臣秀吉の名を高らしめた金ケ崎城、北陸・近畿の分岐点となる木ノ芽峠城塞群など、名城・堅城を満載。越前シリーズの完結編。　A4判・189頁

佐伯哲也　2022・10刊

若狭中世城郭図面集Ⅰ

―若狭東部編（美浜町・若狭町）　3,000円

北陸図面集シリーズの完結編。東部編として、美浜町・若狭町の中世城郭54城を紹介する。『国吉籠城記』で有名な国吉城や、朝倉軍が築いた陣城群、織田信長が宿泊した熊川城等を詳細に記載する。若狭中世城郭研究待望の一冊。　A4判・120頁

佐伯哲也　2024・2刊
若狭中世城郭図面集 II
──若狭西部編（小浜市・おおい町・高浜町）・補遺編　4,000円

若狭西部（小浜市・おおい町・高浜町）及び補遺編（福井県）で73城を取り上げる。若狭守護武田氏代々の居城後瀬山城や、在地領主の城でありながら優れた石垣を持つ白石山城、礎石建物を多数備えた石山城等多くの貴重な城郭を紹介。また新発見の城郭も記載する。さらに特別論文は、若狭中世城郭が優れた城郭だったことを立証している。若狭中世城郭を見直す城郭研究者必読の一冊といえよう。　A4判・210頁

桂新書　●本体800円

1　勝興寺と越中一向一揆
久保尚文　'83・10刊　'90三刷　180頁

前身土山坊、兄弟寺の井波瑞泉寺、二俣本泉寺に深くたち入り、文明13年一向一揆とのかかわりを分析し、加賀教団・一向衆徒、守護勢力などとの拮抗の中から越中教団の頂点にのしあがっていく勝興寺の発展原理を析出し歴史像を提示する。

11　加賀藩の入会林野
山口隆治　'08・12刊　171頁

村の負担する山銭に応じて加賀藩は林野の利用を認めたが、入会山地の地割も行ったので百姓の所有意識は地域によって異なった。引地と切高の関係を含めて入会地は誰のものかを分かりやすく解説。

13　油桐の歴史
山口隆治　'17・5刊　157頁

種一斗から油が三升とれたというアブラギリ。ゴマ・エゴマ・菜種・綿実についで灯用や食用をになってきたその生産実態を近江・若狭・越前・出雲・加賀・上総・駿河などに探り、販売や用途を含めて昭和30年代までの大要を解明。

14　加賀藩の林政
山口隆治　'19・8刊　155頁

農政改革に成功した加賀藩は、林政では成功したのか。森林管理の実態とともに、これまで取り上げられてこなかった建築土木用材や漆器用材、製塩燃材、陶器燃材などの林産物の生産・流通を明らかにすることで、加賀藩の林政に迫る。

15　越中・能登・加賀の原風景―『俳諧白嶺集』を読む
綿抜豊昭　'19・8刊　150頁

「息災に藁打つ音や梅の花」老親の元気を気付かれぬよう窺うこの句、人の感情にも歴史があると気づかせる。明治期『俳諧白嶺集』から現代とかなり異なる暮らしの感情をひろいだし、私たちはどこから来たのか、原風景を探る。

16　明智光秀の近世―狂句作者は光秀をどう詠んだか
綿抜豊昭　'19・9刊　173頁

明智光秀は、江戸時代、どのような武将と思われていたのか。光秀を詠じた狂句（川柳）を編集し、その解説をほどこすことによって、近世の「明智光秀像」を明らかにした本書は、日本文化における人物像の形成の仕方を知るに必見。

17　七尾「山の寺」寺院群―豊かなるブッディズムへの誘い
酢谷琢磨　'22・4刊　300頁

密集する浄土宗３、曹洞宗４、日蓮宗６、法華宗１、真言宗１、合わせて16の寺について由緒・本山・開基・本尊・重要文化財を解説、寒中水行から紅梅・桜・涅槃会、牡丹・ツツジと、花と行事が重なり移る様子など重宝する参詣ガイド。　1,000円

18　加賀の狂歌師　阿北斎
綿抜豊昭　'22・5刊　193頁

文化文政期に活躍、もじりと縁語の躍る狂歌集の中で最も写本の多いのが「あほくさい」左源次の歌集。そこから約150首を紹介して、笑いが人々を仕合せにした江戸期と、笑いに不寛容になりつつある現代とを浮き彫りにする。

19　金沢の景2021
酢谷琢磨　'23・10刊　349頁

植物、名所旧跡、菓子などのカラー画像と解説で綴る一年。①兼六園梅林梅・雪景色②金沢城雪景色③桜④ツツジ⑤薔薇・医王山鳶岩⑥アジサイ⑦兼六園梅林半夏生⑧オミナエシ・フジバカマ⑨名月と曼珠沙華⑩ホトトギス⑪兼六園山崎山紅葉⑫歳末風景。　1,800円

ちょっとした記文

富山県福光町は戦時中、棟方志功が疎開した町として知られる。福光には棟方志功記念館「愛染苑」や福光美術館などに、棟方の作品が数多く残されている。その棟方が、福光で小学校の顧問として子どもたちに絵や書を教えたことがあったという。小学生のころ、棟方に指導を受けた方に聞くと、棟方は下手な絵や書を書く子供たちの作品を見ては『上手い上手い』と褒めちぎったのだという。書が下手だけど棟方に褒められた子の中には、書家を志そうと考えた子もいて、その子はやがて医者になった。つまり褒めることによって勉学への意欲が湧いたのである。棟方は褒めて人を育てることを考えていたようだ。その話を聞いて、叱ることも必要だが、褒めることも大切なことだと思い、教育のありかたを考えさせられた。この福光での棟方の活動は『棟方志功のお話』（湯浅直之著・本体1300円）として桂書房から出版されている。

（堀）

高校卒業と同時に金沢へ出て、8年ぶりに地元富山へ戻ってきた。金沢には馴染みの店、歩きたい道、眺めたい景色があり、悲しいときや嬉しいときにどこへ行けばいいのかも私は知っていた。富山は通学で行き来した街と飽きるほどみた田園風景しか知らず、戻ってきてからはどんな気分になっても、がんじがらめで苦しかった。そんななか、知人の紹介であるイベントに参加した。井波の街を歩き、土着的なアートを楽しむ住人に会い、参加者たちと対話した。私の知らない富山があった。

金沢へ引っ越した頃を思い出す。当時は好きでも嫌いでもなかった。生活しながら居場所をひとつずつ集めていたら、いつの間にか大好きな場所になっていた。富山でもできるかもしれない。富山を好きになれても金沢に戻りたいと思い続けるのかもしれない。それでも今は、小さな希望を逃したくないと思っている。

（綾）

五箇山には「五箇山とうふ」という食べ物がある。普通の豆腐と違って縄で縛っても形が崩れず、そのかたさは「寝るときに枕にした」と比喩されるほど。

そんなかたい豆腐を紹介するときに使う漢字は「固い」「堅い」「硬い」のどれなのか？本来は豆腐に使用する漢字ではないので悩ましいのだが、五箇山とうふの紹介記事を見ると大体の記事では「堅い」が使用されている。辞書で調べると「堅い」は中身が詰まっていて強いときに使用される。「固い」は外部が強くて耐久性があるときに使用される。「硬い」は物理的に頑丈で外力に強いときに使用されるらしい。

じゃあ、豆腐がかたいときってやっぱり「堅い」？でも形が崩れにくいなら「硬い」も間違いじゃないような…？悩みに悩んでいたら辞書に「固い」は「堅い」「硬い」の大抵の用法をまかなえるとあった。

…結局どれが正解なんですか？

（圭）

小社の本を書店（富山県外）で御注文いただく場合は「地方小出版流通センター扱いの本」とお申し込み下さい。なお、直接注文も承っておりますので、下記へ御連絡下さい。

●書店の方は「地方小出版流通センター」へ。FAX（〇三）三二三五―六一八二

●本通信の価格表示は「本体価格」です。

桂通信 NO．68　二〇二五年六月一〇日発行
発行 株式会社桂書房　編集 勝山敏一
〒930-0103 富山市北代三六八三―一一　振替 〇〇七八〇―八―一一六七
TEL（〇七六）四三四―四六〇〇　FAX（〇七六）四三四―四六一七

これは誰かの感情なのか　気持ちなのか
小さく浮かぶ幾つもの花弁に僕は記憶を失っていく　噴水みたいに
感情の波が向かってきている
そうか　僕は今夢をみているのか
だから君は寂しそうに僕を見ているんだ
誰かのレンズ越しに見えるガラスみたいな世界だな　ここは　誰も
知らない　僕が透明になっていくのを
僕の母さんも知らない　だけど
君は知っているんだね
ああ　今分かったよ
これが人生の最初で最後の告白ってやつなんだね

三文字

夕立の中　一人きみの名前を呟いてみる
三文字のきみの名前は　今雨の中　濡れている
雨の滴に打たれて　微かな名残を生む
それは　綺麗な虹を生もうとするほどの
私の中での輝きなのだ
きみは今　私にノーは言えない
全ての気持ちを私に支配されているから
きみは今　私の気持ちから逃れられない

当たり前みたいに好きを拒むきみだから
色んな思いから逃れてきたきみだから
私は欲するのだ　きみみたいな色の感情を
私は手にしたい　この雨が止んでも私は
きみの顔を見て同じことが言えるだろうか
答えはこの雨が止んだら考えることにしよう
ぽつぽつ音が弾いて
誰かの気持ちがきみに触れた音みたい
否　もしかすると私の気持ちが　今
きみに弾かれた音かもしれない
きみは今　私から感情を抜き去ったのだ
憧れではなく　それは消失　もしくは、失恋

感情

昔、光の海に飛び込んだ
半透明な僕は
半透明なままずっと歩いてきた
途中で一日の夕方の時間をずっと繰返し生きていると話す、
ハビエルという女に出会い、
しかし彼女もまた半透明なままだった

〃きっと生身のままというのは——

悲しみを募らせたままという意味なんだね〞
〝悲しいね、でも人間なのに形も心臓も持たない僕たちは一体何なのだろうね？〞
そう呟くと彼女は少し微笑んで分からない、と言った
光が点滅して地球はカーニバルの最中であるかのように、ただ騒いでいた

サクラ

綺麗なサクラ　誰かのサクラ
古い筆箱に君からの便り　サクラの花弁ひとつ
夜の赤い提灯灯篭に一人輝くサクラ
これは君からの手紙ですか
いつか君に送った気持ちの返事ですか
赤い紅に気持ちが咲く
誰かの気持ちに返事をおくりましょう
それは届くことのなかった君からの返事

ひとつの花弁　そう　サクラガサイタ　サクラガサイタ　君にも降り積もれサクラの花弁　溢れろ
気持ちよ、埋もれ
誰からも見ることのできない場所まで
花弁に託した思い　飛んで行け
赤いピンクのサクラ　私のサクラ　君へのサクラ

夢

毎日、黄昏た夢を見た
起きたその時は何かしらの幸福感に包まれていたりするのだが、
覚めてみて
やはり何の残骸も残ってはいないことに気付くのだ
音も熱も匂いも眼差しも
徐々に時間が夢を奪っていくのだ

あの時の幸福感

夢を見ていたのだろうか、

ずっと一ヶ月ほどずっと
その時も残骸らしき残骸もなかったが
やはり覚めたあと還りたくなった

それが何なのかわからなくて
気が付くと夢のことだけを想いながら
酷くやつれた顔つきで一日中、空を見ていた

〝乾いた場所だったね？〟

ある人が優しそうな顔をして夢を私に訊ねてきた

私は夢でその幸福を置き去りにしてきたことを告白した
その人は愛おしそうな眼差しをしながら、私もかつて君と同じことをした、と告げた
〝あれは本当に幻だったのか今でも分からない、ただ暖かだった〟
その人の唇は冷たく乾燥してひび割れていて
だけど酷く通る声を出して私を癒した
夢を見ていた、酷く永い夢だった

芯

中心にあると思われたそれは
時々のようにぐにゃりと揺れて
私を溶かす

当たり前の日曜日の午後辺りに
よくそれはぐにゃりと曲がる

私自身は午後の珈琲を淹れていたりするのだが時々ぐにゃりする

すると隣にいる彼もぐにゃりと曲がる
彼は疲れているんだよ、おやすみ、と
私に肥料を蒔きじょうろの先を向け
私を日向に置くが
それでも彼がいつになく優しいそんな日は
一日中ぐにゃりしたりする

昼の月は嫌い、
ぐにゃりと曲がった歪な色と形を見ると
私はなんだか三歳多く年をとったりするからだ

ぐにゃりと見えない芯が曲がってる?

昨日のお医者さんは昼にフォークやフライパンを食べましたか？と
訊ねてきた
私はフランスパンなら食べました、と答えた

医者は難しそうな顔つきで、此処に焼けた目玉焼きがあるんです、
と胃のエックス線を指差した

すると医者はまたぐにゃり、と曲がった

私は彼が嫌いだった
もうずっと一人でいたかった

ずっと永遠にぐにゃりと一人で曲がって
昼の月を見ながらただお酒を飲みたかった

あとがき

十代の半分から生きているのか死んでいるのか分からない不確かな瞬間に出会ってきました。それは人生の屈折した隙間に宿る、人が空っぽになる感覚でした。

二十代の初めからどんなふうに自分が生きていけばいいのか分からない時、詩を書きました。自分が誰かにずっと相手をしてもらいたくて詩にずっと相手をしてもらっていました。非日常性が同居者でした。それでいていつも自分は小さな子供のようなノスタルジアさを持って、それらを愛してきました。

そうした永い夢を見るうちに私は夢と現実で逢いたくなっていました。そうして今、十年の夢たちと本となって逢うことができました。

ここに、この本を作るにあたって、温かく受け入れてくださった勝山社長や桂書房様に感謝申し上げます。本当にありがとうございました。

二〇一六年　冬

半《はん》身《しん》半《はん》分《ぶん》

平成二十九年三月一日　初版発行
定価　一、二〇〇円＋税

著者　湊《みなと》しづ琉《る》

発行所　桂書房
〒九三〇-〇一〇三
富山市北代三六八三-一一

印刷　モリモト印刷株式会社

ISBN：978-4-86627-020-3